JN060243

遺産争続三十年

御衣さくら
GYOI Sakura

文芸社

目次

第一章　父の不可解な死　7
真夏の訃報／家族に生じた亀裂／病室での父との最後の会話

第二章　親子確執と傷害事件　25
父と息子の争い／弟の退学・退寮の危機／暴力と陰謀／息子たちの罠

第三章　新たな疑惑と事件　57
不可解な相続登記の発覚／第二の暴力沙汰

第四章　代理人なしの法廷闘争　77
訴訟への道／安堵の一審から失望の二審へ／筋を通せた三審
第五章　明かされる真相と解けぬ謎　87
晴れない疑惑／母の証言

遺産争続三十年

第一章　父の不可解な死

真夏の訃報

昭和五十四年七月——。

年明けから第二次オイルショックの影響で、世の中に停滞ムードが漂っていたが、このころはもうかなり落ち着きを見せていた。例年と変わらぬ暑い夏の盛りである。来年はモスクワでのオリンピック開催が予定されており、スポーツ界も盛り上がりを見せていた。

成田照子（なりたてるこ）は東京都内のアパートで独り暮らしをしながら紡績工場で働いていた。数年前までは、同じく都内で働く姉・益美（ますみ）と一緒に暮らしていた。しかし、学費の面倒をみていた弟の康介（こうすけ）が無事に高校を卒業し、都内の会社に勤めるようになったため、照子にも多少の余裕ができて、この春から念願の独り暮らしを始めたのだ。

その日、七月十日の朝七時を少し過ぎたころのことだ。

早朝の涼しさがいくらか残っているものの、開け放った窓からは生ぬるい風が部屋の中へふわりと入ってくる。すでに日差しは強く、遠くでかすかに蝉の鳴き声も聞こえていた。

今日も暑くなりそうだわ、と思いながら、照子はいつものように出勤前の身支度を始めようとした。

　すると、部屋のドアがノックされた。

「成田さん、ご親戚の方からお電話ですよ」

　アパートの管理人の声だった。照子のアパートには管理人が常駐している。当時、各部屋に個人用の電話はなく、共用の電話が一階の管理人室の前にあった。

　親戚？　誰だろう……こんな早くに？

　照子の部屋は二階だ。管理人の声に何やら嫌な予感を抱きながらも素早く身支度を済ませ、一階に下りた。薄暗い一階は風通しが悪く、やや蒸し暑い。ジメッとした空気が漂っており、そこにいるだけで全身にじんわりと汗がにじんでくる。

　電話の受話器を耳にあてると、照子の父のいとこ・光太郎の声が聞こえてきた。

「やあ照子ちゃんかい？　おはよう、久しぶりだね。仕事に出てしまう前にと思ってね」

「おじさん、お久しぶり。どうしたの？」

「あのね、落ち着いて聞いてほしいんだけど……良介が、死んだよ」

「え……」

　照子は思わず聞き返す。良介とは照子の父だ。アパートの廊下に漂っていた蒸し暑さが、一瞬どこかに吹き飛んだかのように感じた。

「おじさん、それ、いつなの？」

光太郎によると、昨夜のことらしいという。

「なんで……なんでまた突然に……」

困惑する照子に、光太郎は言いにくそうにしながらも、

「よくわからないんだが、自殺だそうだ」

と言った。

照子はさらに耳を疑った。

「お父さんが自殺……そんなことって……」

照子には信じられなかった。あの父が自殺をするだろうか？

何が起きたのか、状況を必死に理解しようとするが、うまくできない。思考を巡らせれば巡らせるほど、逆に頭の中が混乱していく。

離れて暮らしているだけに、日常のことはよくわからない。照子の知らないことがあったのかもしれないが、それでも父は自ら命を絶つようなタイプではない。

この数年、父は体調不良で何度か入院した。しかし、まだ還暦を過ぎたばかりで、思い

詰めるほどの病状でもなかったはずだ。それ以外に自殺するような理由も思い当たらない。照子が幼いころから、頑固で負けず嫌いな父だった。しつけも厳しく「苦労は買ってでもしなさい」とよく言っていた。腕っぷしが強くて、時には体罰もいとわないが、面倒見がよく、近所の人たちからも慕われていた。そんな人望のある父が自殺をするということがまるで想像できない。

光太郎によれば、父は農薬を飲んで自ら命を絶ったという。遺書などはなかったそうで、自殺の理由はわからないという。

光太郎にいろいろと尋ねても、光太郎自身もよくわかっていないのか、さっぱり要領を得ない。詳しいことは実家に戻ってから確認するしかなさそうだった。

※

電話を切ると、照子はそのまま職場に電話をして事情を説明し、休暇の許可をもらった。そしてその日のうちに弟の康介とともに実家に戻ることになり、姉の益美とは実家で合流することにした。

帰省するための荷物をまとめながらも、照子は電話で聞いた事実を受け止めきれないでいた。父が死んだということもそうだが、何より自殺ということが信じられない。

父は農業を営んでいたため、実家には数種類の農薬が置いてある。そういう意味では自殺をしようと思えばできないことはない。しかし、照子自身がこれまで抱いていた父のイメージは、自殺とはほど遠い、たくましいものだった。負けず嫌いな父のことだ、本当に自殺ならばよほどのことがあったに違いない。

そしてその「よほどのこと」に照子はぼんやりとだが思い当たる節があった。二年ほど前、照子が父と最後に会ったときに聞かされた話である。忘れかけていたことだったが「自殺」という言葉を聞いて、そのときの記憶がじわりと呼び覚まされてきた。

※

照子たちの実家は西日本の某県の山間部、A村にある。飛行機を使うほどの距離ではなく、列車とバスを乗り継いでいくことになる。

康介とともに実家に着いたのは、その日の夕方だった。列車もバスも本数があまりなく、最寄りのバス停留所から実家までは距離があり、街灯のない道は危ないということで、二人は駅からタクシーに乗った。最大限急いでの到着だったが、すでにあたりは薄暗くなり始めていた。

実家の仏間にはすでに祭壇が設けられていた。父の亡骸（なきがら）は棺（ひつぎ）に収められている。農薬を飲んで自殺したというが、眠っているかのような穏やかな顔だった。照子は少しだけ安堵できた。

親戚や近所の人など、父に縁のある人たちが数人いた。見知った顔もある。少し前までは、もっと多くの人たちが弔問に訪れていたようで、何枚もの座布団が乱雑にちらばっている。台所には使い終わった湯呑がいくつも、洗われないまま置かれていた。面倒見がよく人望のあった父だ。こんなときこそ、その人柄が表れるのだろう。父が多くの人たちに慕われていたのだということを照子はあらためて感じた。

照子は仏間に集まっている人たちに軽く会釈をしながら、そこに長兄の健一郎を見つけ、そっとそばに近づいた。

「兄さん、お父さんは自殺したって聞いたんだけど、本当なの？」

「ああ、照子か。納屋の中で農薬を飲んでなあ。博子さんが見つけてすぐに救急車を呼んでくれたんだが、間に合わなかったようだな。見つけるのがもう少し早かったら、助かったかもしれんなあ……」

照子の問いに健一郎は妙に険しい表情で、淡々と答えた。

博子とは、次兄・良二の妻で、納屋で倒れている父を最初に発見したそうだ。

「光太郎おじさんに、死んだのは昨夜だって聞いたんだけど……」

「博子さんが発見したのは昨日の夕方だ。救急車で病院に運んで、死亡が確認されたのが夜になってからってことだな」

「なんで自殺なんかしちゃったの？」

照子は健一郎の表情を盗み見ながら、わざと小声で尋ねた。

「さあねえ……」

健一郎は他人事（ひとごと）のようにそれだけ言うと、照子に背を向け、帰ろうとする弔問客の見送りに行ってしまった。

父の最期の様子を知りたいが、健一郎はまともに答えようとはしてくれない。

実の父親が亡くなった、しかも「自殺」だったというのに、健一郎はやけに落ち着いている。悲しむ様子もないように、照子には見えた。故人の長男だからしっかりしなければならないという責任感があるのかもしれないが、そんな綺麗事ではないだろうと、照子は薄々ながら感じた。

照子は、義理の姉になる博子の姿を見つけて話しかけた。

「ああ、照子さん。いま着いたの？」

「ええ……。あの、お父さんが倒れているのを最初に見つけたのはお義姉さんだって聞いたんだけど……。お父さん、どんな様子だったの？」

博子は良二とともに実家のすぐ近くに住んでいる。用事があって実家を訪ねてきたが、玄関先で声をかけても返事がないため、庭に回ってみたところ、納屋の戸がわずかに開いており、倒れている良介を発見したのだという。

「慌てて声をかけたんだけどね。まだ息はあったようだから救急車を呼んだんだけど、間に合わなかったみたいで……」

博子は照子と目を合わせずに話した。

「お母さんは家にいなかったの？」

「ええ、電話を使わせてもらおうと思って、お宅にあがったんだけどね。お義母さんはちょうど買い物に出ていたみたいでね」

母のトミは専業主婦で、家を空けることはめったにない。しかし、父が生死の境をさまよっているまさにそのときに買い物に出かけていたようである。めったに家を空けない母が不在のタイミングで父が倒れてしまったというのは、なんとも不運なことだった。母が在宅ならば父は死なずにすんだかもしれない。

父が本当に自殺をしたならば、その理由はいくら考えてもわからない。しかし「自殺以外」の理由であれば、照子には心当たりがあった。そして考えれば考えるほどに、父が自殺した可能性が薄らいでいくように思える。

お父さんの死因は自殺じゃない！

照子には、そう確信する理由があった。記憶という記憶が、解き放たれたかのように照子の脳裏を駆け巡っていった。

※

翌日が通夜、さらにその翌日に葬儀・告別式がとりおこなわれ、父の亡骸は荼毘に付された。

照子はその後、数日間は遺品整理などで慌ただしく過ごし、翌日いよいよ東京に戻るというとき、弟の康介が照子に言った。

「お父さんなんだけどさ、本当に自殺だったのかな？」

康介も同じ疑念を抱いていたとは！

「え？　どうしてそんなこと言うの？」

照子はとぼけてみせたが、康介のそのひと言で胸の動悸が激しくなった。

「昨日お母さんと話したんだけどね、お父さん、自殺しそうな雰囲気じゃなかったって言うんだよ」

康介が母・トミから聞いたところによれば、父は死んだ日の朝、いつもと変わらぬ様子で畑仕事に出かけたという。

「その日の夜、村の自治会の寄り合いがあったらしいんだけど、お父さんが昔面倒を見ていた片桐さんとこの裕之さんが大阪から帰ってきてて、お父さん、寄り合いで会うのをすごく楽しみにしてたらしいんだよ」

片桐裕之は同じ村の出身者だ。照子より少し年上で、照子もよく知っている。学校を出たあとしばらくは村に残り、農業をしていた。父がとてもよく面倒を見た一人で、裕之も良介を慕い、昔は照子たちの家にもよく遊びに来ていた。その後、大阪に出て会社勤めをしていたが、その裕之が久しぶりに帰省し、父は会うのを楽しみにしていたという。

「そんなことがあるのに自殺なんてするかな?」

康介の言うことはもっともだ。少なくとも、畑に出かける朝の時点では、父は死のうなどとは考えてもいなかっただろう。だとすれば、朝出かけてから夕方までの間に、父に大きな心境の変化があったということになるが、そんな短時間でいったい何があったというのか。

遺体はすでに火葬されており、警察も「事件性なし」として捜査はしないことになっている。

しかし、照子は康介の話を聞いて、「お父さんは自殺ではない」と確信した。少なくとも死にたくはなかったはずだ。

何があったのか。真相は「藪の中」なのか……。

照子は、怒りや悲しみの感情が入り混じった、複雑な気持ちを感じていた。

家族に生じた亀裂

昭和三十年、照子は西日本某県の山間部、A村で父・成田良介、母・トミの次女として生まれた。年の離れた兄が二人、八歳上の姉が一人、七歳下の弟が一人いる。

長兄・健一郎と次兄・良二は、照子が物心ついたころには進学のためにすでに家を出ており、一緒に暮らした記憶はない。ときどき帰省してきたときに、少し言葉を交わす程度だったから、兄と妹だとか家族だとかいったような意識を持ったことはほとんどない。たまにやってくる親戚のお兄さんという感じがぴったりする。恐らく兄たちも照子に対してそれに近い意識で見ていただろう。

幼いころの照子は弟の康介とよく一緒に遊んでいた。血を分けた姉弟という感覚を、照子は康介にはとくに強く抱いて育った。

父は主に農業を営んでいた。米はもちろんのこと、野菜や果物も作っていた。とくに果物は種類が豊富で、桃や葡萄、柿などを食べる機会は多かった。家では馬や山羊、鶏なども飼っていて賑やかだった。

近くの川では鰻がよく釣れた。父は、釣ってきた鰻を燻製にして「目がよくなるぞ」と言って照子たちによく食べさせていた。

照子が幼いころ、村には村営の小さな水力発電所があった。父はそこで管理人兼技術者のようなことをやっていた。戦時中のある日、軍から「送電を止めろ！」という命令がきたが、父は「そんなことができるか！」と、頑として拒否したということを、照子はのちに聞かされたことがある。

頑固で厳しい父が、子どものころの照子は嫌いだった。

※

照子は村の中学校を卒業すると、東京で働いていた姉・益美を頼って上京した。

このころから実家に変化が生じ、いろいろな「歯車」が狂い始める。それはあたかも照子が実家から離れるのを待っていたかのようだった。

昭和四十七年ごろのこと、大阪で働いていた長兄・健一郎が仕事を辞め、妻・時子や子どもたちを引き連れて実家に引き上げてきた。そして、そのまま健一郎もその妻も仕事もせずに、家族一同で実家に「寄生」してしまったのだ。いまで言う「ニート」のような状態だったのだろう。

このころは良介の母（照子の祖母）も同居していたため、四世代が一つ屋根の下で暮らすことになった。照子の実家は家屋も庭も広かったから、数世帯が同居してもさほど支障はなかったが、これをきっかけに「家族崩壊」が始まっていたことを、照子はのちに知ることになる。

病室での父との最後の会話

照子が元気でいた父と最後に言葉を交わしたのは、父の死の二年ほど前だ。当時父は胃潰瘍を患い、東京都内の大学病院に入院しており、照子が光太郎とともに見舞いに行ったときだった。

久しぶりに顔を合わせた父は嬉しそうだった。照子と光太郎が自身や家族の近況を話しているときも、笑顔を絶やさずに聞いていた。

ところが、話が長兄の健一郎や次兄の良二のことに及んだときだ。それまで笑顔だった父の表情から笑顔が消えた。照子に向けていた視線をかすかにそらしてしまうのを、照子は見逃さなかった。

「お父さん、どうしたの？」

父は渋い表情で、

「ああ……、すまんが、ケンや良二の話はあまりせんでくれ」

とつぶやいた。

同時に、横にいた光太郎の表情が一瞬強張ったように見えた。父と光太郎は視線を合わせ、心の声でも交わしているかのようだった。

父は長男の健一郎のことを昔から「ケン」と呼んでいた。大切な跡取り息子ということもあってか、ほかの子どもたちとは違って特別な思い入れがあったのだろう。

「光さん、照子に話してないのかい？」

光太郎は黙ってうなずく。父は少し考えるような表情を浮かべたあと、光太郎に「話してやってくれ」と目で合図を送った。光太郎は再び黙ってうなずいて、照子に向き直った。

「あのね、照子ちゃん。別に隠すつもりはなかったんだけどね……」

そう言って光太郎はゆっくりと話し始めた。

「いつごろからか、わからないんだけどね。実は良介と健一郎、あまりうまくいっていなかったんだよ」

「え？　どういうこと？　うまくいっていなかったって、何のこと？」

「うん、親子の確執とでもいうのかな、口論なんかが絶えなくてねえ……」

父と長兄の間に確執があったのか……。照子が初めて聞かされることだった。

親子の確執は、世間的には決して珍しいことではない。血がつながっているとはいえ、それぞれが別人格の大人だ。揉め事があっても不思議ではない。しかし身内にそれが起きたとなると、さすがにショックが大きい。

このとき照子は、光太郎の口から信じられないような悲しい話を聞くことになった。

第二章　親子確執と傷害事件

父と息子の争い

健一郎家族が実家に住みつき、半年ほどが経過したが、健一郎は働こうとはせず、仕事を探しているそぶりもない。来る日も来る日も家でゴロゴロしており、夜は村の食堂に酒を飲みに行くというような怠惰な生活を送っていた。健一郎の妻・時子も働きに出ようともせず、まさに「ごく潰し」の状態だった。

そんな健一郎に、父は苛立ちを募らせていた。健一郎夫妻とその子どもまでを養う余裕は、父にはなかった。

「ケン、働きに出る気がないなら、農業を手伝え」

父は健一郎にたびたびそう言っていたが、健一郎はまともに耳を貸すことがない。そのような状態が続くと、父と健一郎との間には徐々に亀裂が入り始める。親子の感情的な対立は次第に激しさを増していき、口論に発展してしまうことも多くなった。

「うちに金を入れる気がねえんだったら出ていけ！」

「出ていってどこに住めってんだ！　俺たちを殺す気か！」

こんなやり取りが毎日のように続いた。

最初のうちは、近所に住んでいた次兄の良二がやってきて、二人をなだめたりしていたが、幼いころより健一郎と良二は仲が良く、次第に良二は健一郎の肩を持つようになる。そして良二の非難の矛先も次第に父に向けられるようになった。

「文句があるなら親父が出ていけばいいだろ！」

ついに、そのような言葉までもが父に投げつけられるようになる。

母のトミは元来自己主張をしない性格であった。両者のやり取りを、ただ黙って見ているだけである。健一郎の家族も素知らぬふりだ。父は次第に、孤立無援の状態になってしまったのだった。

父は実際に、健一郎と口論になったあと、家を飛び出してしまうこともたびたびだった。家の中に居場所がなくなってしまった父は、出かけたまま帰らない、いや帰れないこともあった。年老いた母を連れ出し、一緒に近くの山中の洞窟や、神社の境内などで寝泊まりすることもあった。ホームレスのような暮らしを余儀なくされた時期もあったのだ。

※

　ここまで聞いたとき、照子は全身がわなわなと震えていた。兄たちが父に対してそのようなひどい仕打ちをしていたなんて、想像すらしなかった。胃潰瘍の原因もそこにあったようである。照子は父が不憫でならなかった。怒りと悲しみの炎が心の中で立ち上がり、それが旋風（つむじかぜ）のようになって全身に巻き付いていくようだった。

　父はベッドに横たわったまま、光太郎の話を聞いている。

「俺も何度かお宅に行って健一郎とは話をしたんだが、まるで話にならないんだよ」

　父より年長のいとこであり、幼いころから近所に住み、兄弟のようにして育った光太郎は、父が最も信頼する人物だ。そのようなときでも光太郎が父のそばにいてくれたということが、照子にとってはせめてもの救いだった。

「兄さんたちはなんでそんなことをしたの？」

「よくわからないんだが、昔の健一郎とは目つきも態度も明らかに違っていてね。大阪で働いているときに何かあったのかなあ……。働こうという意欲というか、エネルギーのようなものを感じなくてね。良二は良二で子どもの時分から健一郎とは仲良しだったし、話をしていても、二人にはなんだか不気味な連帯感すら感じたよ」

親子確執の元凶は、健一郎の実家への寄生にあったようだが、実の父親を家から追い出してしまうほどのものにまで発展するのは、いくらなんでも尋常ではない。そして父と長男との亀裂が決定的になる出来事が起こったという。

「健一郎がね、良介の金に無断で手を付けてしまってね……」

これには照子は怒りを通り越して呆れてしまった。父の収入源は農業だ。かつては水力発電所の管理人をやっていたが、すでに発電所はなくなり、そちらからの収入はない。母と二人で細々とやっていた農業の収入のみが頼りだったはずだ。それに手を付けたとは……。

しかも話を詳しく聞いていくと、手を付けたというレベルではなく、横取りに近いものだ。自宅に置いてあった現金を使いこみ、郵便局に預けてあるわずかな農業収入も無断で引き出していたのである。その収入も、両親と祖母がやっと暮らしていけるほどのものだったはずだ。自分は働きもせず、父の金をあてにするとは……。健一郎は父たちの暮らしをむしばんでいっただけでなく、父の身体をもむしばんでいったのだ。

この話を聞いて照子は、ある出来事を思い出した。弟の康介に関することだ。

弟の退学・退寮の危機

照子が光太郎とともに父を見舞う一年ほど前のことだ。

そのころ照子は姉の益美が借りているアパートの一室で、二人で暮らしていた。

ある日曜日の朝、照子が益美とともに洗濯や掃除などをしていたとき、部屋の電話が鳴った。益美は自室に電話を引いていた。

電話の主は二人の弟・康介だった。当時、都内の高校に寄宿舎から通っていた。益美が出たが、「照子姉さんに代わってほしい」という。照子が代わると、何やら焦っているような声が聞こえた。

「もしもし、康介？　どうしたの」

「ああ、照子姉さん！　ごめん、ちょっと相談したいことがあるんだけど、いまから会えないかな？」

「何？　どうしたの？　電話じゃ話せないこと？」

「うん、できれば照子姉さんと二人だけで会って話したいんだけど……」

康介の声の様子で照子はただならぬものを感じた。

その日の午後、都内の喫茶店で落ち合った。久しぶりに見る康介は、なんだか痩せてしまったようだ。憔悴していると言ってもいい。ひどく疲れているように見える。

「どうしたの？　何があったの？」

すると康介は一枚の書類を照子の前に差し出した。「授業料の未納についての通知書」と書かれてある。康介によると事実上の督促状なのだそうだ。

「授業料、払ってないの？　なんで？」

「仕送りが止まってるんだよ……」

康介が言うには、二カ月前から仕送りが滞っているという。

「授業料だけじゃないんだよ。寮費も払えなくて、先月分と今月分、待ってもらってるんだよ」

どうしてそんなことになっているのか。

「お父さんには連絡してみた？」

「うん、先々月に電話をしてみたら『すぐに送るから少し待ってくれ』と言われたんだけど、待ってても送られてこないんだ。そのあと何度か電話をしてみたんだけど、健一郎兄さんが出て『親父はいない』って言って電話を切ってしまうんだ」

最初に仕送りが止まった月は、持ち合わせの金を集めて授業料だけは何とか払うことができたという。寮費は寮監に頼み込み、少し待ってもらっているが、それももう限界だというのだ。このままだと退学して寮も出なければならなくなるらしい。朝夕の食事は寮で提供されるが、昼は自費でまかなわなければならない。康介はそれを我慢していたという。憔悴の原因はそれだったか。

電話では話せないという理由もわかる気がした。益美は康介の姉ではあるが、康介が物心ついたころには家を出ている。恐らく遠慮があるのだろう。照子が健一郎や良二に対して持っている意識と同じものを持っていても不思議ではなかった。康介にとって、洗いざらい話せる身内は照子しかいないのだろう。

康介の話を聞き、喫茶店を出た照子は、近くの公衆電話から実家に電話をかけた。

「もしもし、成田でございます」

母のトミが出た。

「お母さん？　照子です。お父さんはいる？」

電話の向こうで一瞬、母は沈黙した。

「……あ、うん、照子、お父さんね……ちょっ、ちょっと、待ってて……」

そう言って母は電話から離れたようだ。父のことを言った瞬間に母が小声になったような気がした。何だか様子がおかしい。実家で何かあったのだろうか。照子は十円玉を公衆電話の投入口に入れながら待った。

しばらくすると、父が電話に出た。なぜか父も声をひそめている。

「もしもし、照子か。どうした？」

周囲に聞かれてはまずい事情でもあるのだろうか。話しづらくしているような気配がする。

「あのね、康介から連絡があったんだけど、仕送りが止まってるって」

「ああ……、康介にはすまんと伝えてくれ。実はな……」

父の農作物が大不作で収入が激減してしまったという。それで康介の仕送りにまで手が回らなくなってしまったらしいのだ。

「今年は雨が続いたり台風も来たりして、出来がとにかくひどいんだ。照子、すまんがしばらくお前が立て替えておいてくれないか？　あとでお前と康介にはその分は送れるようにするから」

農業は水物だ。自然に大きく左右される。幼いころから父の仕事を見てきた照子にはよくわかっている。そういう事情なら仕方がない。

「わかったわ。私の貯金から康介に授業料と寮費を渡しておくから」

「すまないな。すぐに何とかするから」

そう言って父は急いで電話を切ってしまった。

照子は強烈な違和感を抱いた。母はともかく、父が以前とは違っている。過去に何度か実家に電話をしたことがあるが、父はとても元気で声も大きかった。それが別人のような話し方だったのだ。

このあと父から康介への仕送りが再開されることはなく、結局、康介が高校を卒業するまで照子が学費の面倒を見ることになってしまった。

※

「康介への仕送りが止まってたことがあったよね？　あれもそのときのことなの？」

「ああ、まさにそのときだろうね。とてもじゃないが良介は仕送りなんてできない状態に置かれていたはずだし、健一郎もそこまでは考えなかったんだろうな」

光太郎がそう言うと、それまで黙っていた父が口を開いた。

「照子にも康介にも、悪いことをしたな。すまなかったな……」

悲しさと悔しさが入り混じったような目で、ポツリとそうつぶやいた。照子はバラバラだった点と点が一気につながり、ひと筋の線になっていくのがわかった。

プライドの高い父のことだ。息子に家を乗っ取られた、虐げられて、財布のヒモも握られてしまったなどと、とてもではないが実の娘には言えなかったのだろう。それで絞り出した言い訳が「不作による収入減」だったのだ。その嘘ですら、父は口にしたくはなかっただろう。

父だけでなく、弟や自分にまでそんな目に遭わせていたとは……。

照子の兄への怒りがピークに達した。

しかし話はこれだけではなかった。健一郎による「家庭内横領」が原因で、取り返しのつかない事態になったことを聞き、照子は愕然としてしまうのである。

暴力と陰謀

晩夏のある日の夕刻のことだ。

「おい、ケン！　どういうつもりだ！　説明しろ！」

近くの町まで所用で出かけていた父が、帰宅するなり健一郎を怒鳴りつけた。怒りに震える父の片手には郵便局の貯金通帳が握られている。茶の間に寝転がり、雑誌を読んでいた健一郎はその激しい声にも動じる様子は見せず、寝そべったままの姿勢で物憂げな感じで父を見やり、

「……どうかしたのか？」

とため息混じりの気だるい声を出した。

「おまえ、貯金を勝手に引き出しただろう！」

そう言って父は手に持った通帳を健一郎のほうに突き出した。かなりの金額が引き出され、残金がわずかになっていることがわかる。すると健一郎は軽く舌打ちをし、父に背中を見せるように寝返りを打った。

この不貞腐れたような態度が父の怒りの炎に油を注いだ。

「おい！　起きろ！」

父は健一郎の肩を掴んで立ち上がらせようとした。

「なんだよ！」

健一郎が父の腕を払いのけると、その勢いで父はよろめき、後ろ向きに倒れてしまった。家にいた家族はその様子を黙って見ている、いや見ないふりをしていた。

「おまえ、親になんてことを！」

倒れた状態で、片手を畳の上についたままの姿勢で父は怒鳴った。立ち上がった健一郎は、そんな父をわずかの間見下ろしていたが、すぐに目を背け、再び舌打ちをして家を出ていった。

「なんてやつだ」

父はしばらく立ち上がることができなかった。頭に血がのぼり、顔が真っ赤になっているのがわかった。家族の誰かが知らせたのであろう、しばらくして近所に住む光太郎が息を切らせてやってきた。

「おい良介、大丈夫か？　何があった？」

畳の上に座り込んだままだった父は、光太郎に抱きかかえられるようにしてようやく立ち上がった。父の身体が強張っているのが、光太郎の身体にも伝わってきた。父の目に薄っすらと滲むものがあるのを光太郎は見逃さなかった。

幼いころから一緒に成長してきた光太郎と父・良介。気の強い良介が泣くところなど一度も見たことがなかった光太郎は、初めて見る良介の涙に、事態のただならぬことをさとった。

※

父と健一郎が激しくやり合った翌日は、朝からどんよりと曇っていた。昨夜のうちに少しだけ雨が降ったようで、庭の土は湿っており、少し蒸し暑く感じられる。昨日家を出ていった健一郎は、深夜に泥酔状態で帰ってきた。父が作業のために畑に出かけるときはまだ寝ていたようだった。

「ケンはまだ寝てやがるのか?」

「ええ、夜中に帰ってきて……。裏口から静かに入ってきたようで私も気づかなかったんですけどね」

　父の問いに母は淡々と答えた。

「帰ってきたらあいつとまた話をしなきゃならん。貯金を勝手に引き出していやがった。お前は何も知らなかったのか？」

　母は黙ってうなずいただけだった。

　大切な貯金に健一郎が手を付けてしまったことは問いたださなければならなかった。何のために勝手に引き出したのか。何に使ったのか。使わずにまだ持っているならば取り戻さなければならない。

　昨日のような騒動のあとである。父には意地のようなものもあった。しかし事と次第によっては、貯金の中のいくらかは健一郎に渡してもいいとも思っていた。

　実家に帰ってきて同居を始めて以来、健一郎はあまり多くを語らない。大阪で仕事をしていたときに何かあったのかもしれない。借金を作ってしまった可能性だってあり得る。そうであれば、それで返済させることも考えなければならないからだ。そんなことを考える一方で、そういった「甘やかし」が健一郎をダメにしてしまったのではないかとも思い、父には自己嫌悪のような感情も芽生えていた。

父は農具を持ち、畑に向かって歩いていった。背中がまだ少々痛む。昨日倒れたときに軽く打ってしまったのかもしれない。しかし自分も年を取ったのか、息子に負けてしまうようなことになるとは……。そんなことを考えながら、父は作業を始めた。

この日は一人で草刈りの作業をしていたが、思ったよりも刈った草の量が多く、作業を終えたときは薄暗くなっていた。ただし、懐中電灯を持っていたが、使うほどの暗さではない。父は歩き慣れた道を、家に向かって歩き出した。

道の両側は田んぼや畑ばかりだ。近隣の畑でも日中は作業をする人の姿がちらほらと見られたが、この時間になると、もうみんな作業を終えて帰宅してしまっている。

周辺の山々の木々が風にあおられてわずかに揺れているのが見える。遠くの幹線道路を、ヘッドライトを点けた軽トラックが一台、音もなく走り去っていくのが見えた。いつもと変わらぬ、静かな村の夕暮れの様子だった。

ビニールハウスが数棟建ち並ぶ畑の横を通り過ぎたときだった。父は突然、肩と背中に激痛を感じた。

「ぐえっ！」

思わず声がもれる。父は膝をつくようにして前のめりに倒れ、両手を道の上についた。

今朝から続いていた痛みとは明らかに違う。体の中から突き上げてくるような激しい痛みが電流のように全身を支配する。

父は両手を土の上についたまま振り返り、思わず息をのんだ。そこにいたのは他でもない、息子の健一郎だったのだ。右手に棍棒のような物を持った健一郎が見下ろしている。父は背後から健一郎に殴られたのをすぐにさとった。そして健一郎のすぐ後ろには良二の姿もある。薄暗がりだがはっきりと見えたのだ。二人で何やら小声で言葉を交わしているのがわかった。

父は反射的に飛び起き、家がある方向に走り出した。

息子に……実の息子に……殺される……。

父は本能的に生命の危険を感じた。背中の痛みよりも恐怖心が勝る。振り返る余裕はなく、ただひたすらに走った。棍棒を持った健一郎が追いかけてきているかもしれない。

逃げなければ……とにかく逃げなければ……。

父は走りに走った。家に向かって走っていたが、本能的に「家はまずい」と感じ、目に入った脇道に逸れた。

雑木林の中の細い脇道をひたすら走った。どれほど走っただろうか。どこをどう走ったのかも覚えていないが、気が付くと付近の山中の洞窟の中にいた。洞窟の奥の岩の上に腰を下ろしてしばらくすると、忘れていた背中の痛みがよみがえってきた。

なぜ健一郎は自分を襲ったのか……。

昨日の貯金引き出しの件での諍いを根に持っているのか。日ごろから口論が絶えなかったが、ここまでされるとは夢にも思わなかった。おまけに良二もいた。この状況をどう理解すればよいのか、まるでわからない。

息が整い、気持ちが少しばかり落ち着いてきたが、まだ洞窟から出ていく気にはなれなかった。健一郎たちがそのあたりを探し回っているかもしれない。父は息を殺してそこにじっと身を潜めた。

※

どれくらいの時間が経っただろうか。冷やりとする空気と背中の痛みに気付いて父は目を覚ました。いつの間にか洞窟の中で眠ってしまっていたようである。洞窟の外が白々と明るくなっていき、かすかに光が差し込んできているのがわかった。父は十二時間近くもの間、洞窟の中で過ごしていたのだった。夏の終わりの時季とはいえ、山間部の夜はさすがに冷える。父の体も冷え切っていた。水も食べ物もなく、羽織るものもない。うっかりすると凍死してしまいかねないような状況の中で迎えた朝だった。

父はその場から動かず、耳を澄ませて洞窟の外の様子を探った。あたりに人の気配はない。日がのぼりきってしまうのを待って、父は恐る恐る洞窟から顔を出した。あたりには誰もいない。遠くでスズメの鳴き声が聞こえる。草木についた朝露が日に照らされてキラキラしていた。背中にはまだ痛みが残っているが、父はそれをこらえて勢いよく洞窟を飛び出した。人が通れる道はあるが、あえて避けた。どこかで健一郎たちが待ち構えているかもしれない。人が通らないところを、草木をかき分けて山を下りた。

いまにも健一郎が襲いかかってくるのではないかという恐怖に包まれたまま、父は地元の警察署に向かった。父の着衣は朝露に濡れ、雑草などが張り付いている。警察署内に入るなり、

「助けてくれ！」

と父は叫んだ。残った力を振り絞って、腹の底から絞り出すようにして発した声だった。息が上がっており、思うように声が出ないが、ただならぬ様子に受付カウンターにい

た警察官が駆け寄ってきた。

「成田さん！　どうしたんだ？　大丈夫か？」

父とは顔見知りの警察官だった。

「息子……息子たちに……」

話しながら、自分がまだ錯乱状態にあることが父にもわかった。ただならぬ雰囲気に、近くにいた他の警察官も数人、集まってくる。水を一杯飲ませてもらい、大きく息を数回吐いてから、父は昨晩からの出来事をありのままに話した。

父の話を黙って聞いていた警察官たち。父が話し終えるとお互いに顔を見合わせ、知人の警察官が父の上着を少しめくって肩と背中を見た。

「ああ、ひどい殴られ方だなあ。アザになっとるぞ」

「あまり触らんでくれ。まだ少し痛むんだ」

「ああ、すまんすまん」

警察官は慌てて手を引っ込め、そばにいた若い警察官に薬を持ってくるように言った。

「成田さん、その話、本当なのかね？」

「嘘を言うわけないだろう……本当だ」

すると警察官たちは再び顔を見合わせた。みな困惑した表情を浮かべている。そして今度は別の警察官が父に近寄り、言いにくそうにこう言った。

「成田さん、実は昨夜の十時ごろに、その息子の健一郎さんから連絡があったんですよ。あなたが畑に出たまま帰ってこなくて家族がみんな心配していると……」

父には、その警察官が何を言っているのか理解できなかった。言葉がでない。

殴った本人が？　心配している？　一体どういうことか？　自分は夢でも見ていたのか？

「それで昨夜と今朝、うちの署員がおたくの畑の近くを探したんですよ。いままでずっとその山の中にいたんですか？」

父は次第に状況が飲み込めてきた。帰り道で殴られたのは昨日の夕方、六時近くだろう。健一郎はそのあと、何食わぬ顔で警察に連絡していたのだ。父は自分が何かの罠にはめられているのをさとった。

「それは嘘だ！　ケンが嘘を言っているんだ！　俺は間違いなくケンに殴られて……」

父は必死に状況を説明しようとしたが、興奮状態にあるからなのか、うまく言葉が出てこない。警察官たちも、まあまあとなだめるような態度を変えない。

「とにかく、息子さんにここにアンタを迎えに来るように連絡したから」

　知人警察官の言葉に父は顔色を変えた。

「息子は呼ぶな！　呼ばないでくれ！」

「しかしもう電話してしまったんだけどな……。健一郎さんと良二さんで迎えに来ると言っていたんだが……」

　瞬時に父は、本能的な危険を感じて「まずい」と思った。昨日の今日だ。健一郎と良二の二人だけでは、何をされるかわからない。昨夕のことが脳裏によみがえってくる。痛みと恐怖がぶり返してきた。

「だったらいとこの光さんもここに呼んでくれ！　光さんが来るまで俺はここを動かんぞ！」

　光太郎も呼ぶように頼んだ。知人警察官は父のその剣幕に気圧（けお）されたか、光太郎に電話をしてくれた。

　十分ほどして健一郎と良二が警察署に到着したが、父は
「光さんが来るまでは会わん！　ここから動かん！」

と頑張った。二人に少し遅れて光太郎が到着した。

「良介、大丈夫か？　ひと晩中どこにいた？」

父が「行方不明」になっていたことは光太郎にも伝わっていたらしい。父は二人の息子とは目を合わせず、光太郎に顔を近づけて小声で言った。

「光さん、俺はあの二人に殺されそうになったんだ。一緒に帰るわけにはいかん。光さん、うちまで一緒に行ってくれ」

光太郎は黙ってうなずきながら

「わかったよ良介。疲れてるんじゃないのか。帰ってゆっくり休もう」

父は二人の息子とともに光太郎の車に乗せられて家に向かった。

※

二人の兄による父への暴力沙汰に、照子はショックで言葉が出なかった。そこまで両者のいがみ合いが深刻だったとは夢にも思わなかった。実家を離れている間に家族にそのような悲しいことが起こっていたなんて。

「それは兄さんがお父さんのお金に勝手に手を付けたからなんでしょう？　お父さんが

怒ったことが原因なんでしょう？」

「うーん、そこは俺にもよくわからないんだけどね」

話の流れから考えれば、それ以外に原因は考えられない。健一郎は父の金に手を付け、恐らく何かに使ってしまったのだろう。知られてはまずいことがあるのかもしれないと照子は思った。

「警察は何かしてくれたの？」

「それがね、親子喧嘩の可能性もあるからってことで、まともに取り合ってくれなかったんだよ。背中にアザがあったから、誰かに殴られたんだろうということで被害届は受理するとは言っていたんだが」

警察は父の言い分に耳を貸そうとしなかったという。なんと理不尽なことか。

「お父さん、兄さんたちにやられたんでしょ？　間違いないんでしょう？」

照子の問いに、父は寝たままで大きくうなずいた。

「良介がいくら説明してもまともに相手にしてくれなかったんだよ」

これも照子には合点がいかなかった。どうして警察は父の言うことを信じてくれなかったのだろうか。照子の心の内をさとったのか、光太郎がこう続けた。

「実はね、話はそれだけで終わらないんだよ。警察署を出たあとにもびっくりするようなことがあってね……」

まだ何かあるのかと、照子は身構えてしまった。もうこれ以上辛い話は聞きたくはないが、血のつながった家族に何が起きたのか、知らなければならないとも思い、照子は黙って光太郎を見すえた。

息子たちの罠

父、健一郎、良二、そして光太郎が乗った車は警察署を出て家に向かっていた。父は助手席に、息子二人は後部座席にいた。車内は沈黙が支配している。光太郎は隣席の良介から、強い緊張感が漂ってくるのを感じた。ルームミラーで後ろを見ると、健一郎も良二も、妙に落ち着いている。二人とも涼し気な無表情といった印象で、光太郎には不気味に思えた。

車内に堪えがたい緊迫感が充満している。光太郎は何か話したほうがいいかとも思った。しかしうかつなことを言うと、親子の間が取り返しのつかない事態に発展するような気がして、光太郎は黙ったまま、自分の横のドアガラスを少しだけ開けて車内に外気を取り込んだ。とにかく良介たちを家に送り届ければ事は終わる。この耐え難い空気も、それまでの辛抱だと思いながらハンドルを握っていた。

しばらく走ると急に健一郎が口を開いた。良介の家まではまだかなりの距離がある。

「おじさん、ちょっと寄っていきたいところがあるんだけど」

「ん？　どこに行くんだ？」

「その先を右に入ると病院があるでしょ？　A病院。そこに行ってほしいんだよ」

A病院はA村周辺では唯一の総合病院だった。良介の背中の怪我を診せるのかと思い、光太郎は言われるがままに車をA病院に向けた。

病院に着いた。すると健一郎と良二は何も言わず、素早く車を降り、良介の座る助手席のドアを開けた。二人のその動きは、事前に打ち合わせていたかのような素早いものだった。

「さあ親父、降りようか」

健一郎はそう言うと良二とともに父を車から引きずり出すようにして降ろした。

「なんだ！　何をするんだ！　放せ！　俺を病院に入れるのか！」

父は激しく抵抗した。その乱暴な様子に、光太郎もさすがに驚いた。目の前で何が起きているのかよくわからず

「おいおい！　一体どうする気だ？」

光太郎がそう言うのを無視するように、健一郎と良二は父の両脇を抱えて病院の中へ入っていった。慌てて光太郎もあとを追う。父が健一郎と良二に連れて行かれたのは精神科の診察室だった。

※

「どうしてまたお父さんを精神科に連れて行ったの……？」

照子の当然の疑問だ。父が精神を病んでいたとは到底思えない。光太郎は言いにくそうな表情を浮かべながら

「良介の様子がおかしいから、と言ってね。精神科の先生に診てもらったが、とくに異常はないってことですぐに帰されたんだけどね」

光太郎によると、健一郎と良二はあらかじめ示し合わせていたのだろうという。最初か

ら父を精神科に連れて行くつもりだったのだ。そしてさらに兄たちの酷い所業が明らかになっていく。

「その暴力事件の当日の夜、良介が帰ってこないといって、健一郎が警察に電話をしたらしいんだが。そのときにどうも健一郎は『最近の父の様子がおかしい』なんていうことを警察に伝えていたらしいんだよ」

父の様子がこの数カ月おかしい、家族に対して突然暴力をふるったり暴言を吐くようになった、不可解な言動も増えた、幻覚を見ていることもあるようで、家族みんながとても心配している、どうも精神を病んでしまっているらしい……。そんなことを伝えたというのだ。

「そんなことは絶対にない！」

ベッドの上で黙って聞いていた父が突然言った。怒りに満ちた目で天井を見つめている。悔しそうに歯を食いしばっているのがわかる。顔の筋肉が強張っているのがはっきりとわかった。

照子はすべてをさとった。二人の兄は父を陥れるつもりだったのだ。「息子に殴られた」というのは父の妄想だと警察に思い込ませるために、事前に吹き込んでいたのだろう。父の言うことを警察が信じないように手を打っていたのだ。なんと用意周到なことか！　それならば警察が父の言い分にまともに取り合わなかったことも説明できるが、そんなことを真に受けてしまう警察も警察だ。

父を無理やり精神科に連れて行ったこともそれで説明がつく。「父の妄想が激しくなり、警察にまで迷惑をかけてしまったから」と、その裏付け材料を作るためだったのだろう。病院では「異常なし」と言われたようだが、それは兄たちにとってはどうでもいいことだったはずだ。診断書なども必要ない。要は「父が精神を病んでしまい、家族が心配している」という自分たちの主張を、医者に診せたという事実で補強できればいいだけなのだ。すべては兄たちの策略だったのだ。

なんという卑劣なことをやるのか。血を分けた兄妹とはいえ、照子は健一郎と良二を許す気にはなれなかった。黙って天井に目を向けていた父が、

「ケンと良二、あいつらは絶対に許さん！」

とつぶやいた。小さな声だったが強い怒りと執念のようなものを感じた。照子も父と同じ気持ちだった。兄たちはなぜ、実の父をここまで苦しめたのか。すると父が片手をゆっくりと照子のほうに差し出しながら、

「照子、みんなのことをたのむぞ。お母さんのことも康介のことも……」

照子は父の手を握った。

「俺の土地……田んぼや畑はすべて康介にやる。ケンたちにはやらん……」

父が言った。康介の学費を出してやれなかったことへの罪滅ぼしの気持ちなのかもしれない。そして健一郎や良二に対する怒りもにじんでいた。照子は父の手を握ったまま黙って大きくうなずいた。

※

病院でのこの会話の二年後、父は帰らぬ人となった。照子はこのあと、父とは手紙をやりとりすることが何度かあったが、実際に顔を合わせることはなかった。次に会ったのは棺の中に寝かされた父であった。

自殺と言われたが、本当にそうだったのか。東京の病院のベッドの上で父が見せた怒りの感情を照子は忘れることができない。退院して実家に戻ってからも辛い生活が待っていたのかもしれない。

父の死の真相も、兄たちの父への酷い仕打ちも、その真相はわかることがなかった。しかし父の葬儀のあと、康介に聞いた「本当に自殺だったのかな?」という言葉が、その後、照子の脳裏をしばらく支配し続けていた。

第三章　新たな疑惑と事件

不可解な相続登記の発覚

父の死から三十年近くが経った平成二十年。照子は結婚して「福本」姓を名乗っていた。一男一女をもうけ、夫とともに大阪で暮らしている。父の死にまつわるさまざまな疑念は晴れることがないままだったが、長兄の健一郎は平成十九年に、次兄の良二は平成三年にそれぞれ世を去ってしまっていた。照子も新しい家族との幸せな暮らしに埋没してしまっており、心の中であの「事件」の記憶は風化しつつあった。

この年の五月のある日のことだ。照子のもとに姉の益美から電話がかかってきた。益美も結婚して、A村が周辺の町村と合併してできたB市内に住んでいる。旧A村からは数キロほどしか離れていないところだ。

「照子、ちょっと気になったことがあるんだけどね……」

「どうしたの？」

「うん、あのね、司法書士の小野田さん、覚えてる？」

「ああ、小野田さん。覚えてるよ。小野田さんがどうかしたの？」

小野田は、古くからA村の近くで司法書士事務所を開設しており、父・良介とも懇意にしていた。照子たちの実家にも何度か来たことがあり、父の相談相手でもあった。その小野田の事務所を益美の夫・大村徹が仕事で訪れたという。

「徹さんが小野田さんから聞いたっていうんだけど、お父さん名義だった土地がね、健太に所有権移転登記がなされてたんだって。あんた、なんか聞いてる？」

「え？　どういうこと？　何も聞かされてないけど」

健太とは長兄・健一郎の長男だ。照子たちにとっては甥にあたる。それは父の遺産を健太が受け取ったことを意味する。

「お父さんの土地は康介が相続したんじゃなかったの？」

「うん、私もね、てっきり康介が相続してるもんだと思ってたんだけどね」

わずか二週間ほど前のことだったという。生前、父は病床で「田んぼや畑はすべて康介にやる」と言った。照子はたしかにそれを聞いている。照子とやり取りした手紙にもそのことが書かれてあったこともよく覚えている。もちろん、そんなものに法的な効力がないことはわかる。しかし康介の高校の学費を全額出してやれなくなったことへの「償い」の気持ちもあっただろうとそのときは思っていたし、その気持ちは嘘ではなかったはずだ。

父は自分に酷い仕打ちをした健一郎には土地はおろか、何ひとつ遺してやる気はなかったのだ。健太は父の孫とはいえ、やはり遺してやるつもりはなかったのである。

この話を聞いて、照子は気付いた。たしかに康介からは「父の土地の所有権移転登記を済ませた」などという話は一度も聞いたことがない。

「康介にも電話してみたんだけどね、照子と同じように寝耳に水だったみたいよ」

父が亡くなってから三十年近く経っている。その間、何もなされなかったのか。母のトミが健在であるため、康介は遠慮して手続きをしなかったのかもしれない。トミがさせなかった可能性もあるが、あまり意思表示をしないトミのことだから、こちらは可能性が低いだろうと照子は思った。

※

照子も益美も、そして康介も知らない間に相続登記が勝手になされていたのだった。照子は小野田の事務所を訪れ、事の子細を確認した。

「四月の終わりごろ、ゴールデンウィークの直前ごろだったかなあ……」

小野田は遠い記憶を引き出すような表情で言った。

「お宅の健一郎君の息子さんの……健太君だっけか。ここに来て手続きをしていったんだけどね。なんかあったの？」

小野田は何も事情を知らないらしい。照子が聞いた。

「そのとき健太は何か言っていませんでした？」

「いや、特別なことは何も言ってなかったけどね。親父が死んだからその土地を自分が相続することになったって。でも、私も手続きのときにわかったんだけどさ、良介さんの田んぼや畑って、ずっと良介さんの名義のままだったんだよね。健一郎君は相続してなかったわけでしょう。変だなあとは思ったんだけど」

やはりそうだ。父の田畑は父名義のまま三十年近くが経っていたのだ。康介はおろか、健一郎も相続はしていなかったということである。

「あのね小野田さん。お父さん、健一郎兄さんには土地はあげないつもりだったんですよ。田んぼや畑は全部康介にあげるって言ってたんです」

「え、そうだったの？　そういうことになってたの？　知らなかったな……。でもさ、遺産分割協議で健一郎君が一人で相続するって決まったんでしょう？　照子ちゃんも康介君も相続放棄したんじゃなかったの？」

小野田のこの言葉はまったくの想定外だった。あまりのことにすぐに次の言葉が出てこない。遺産分割協議？　健一郎が一人で相続？　自分たちは相続放棄？　一体どういうことなのか？　なぜそんなことになっているのか？

「ちょっと待ってください、遺産分割協議って？　そんな協議してないですよ。相続放棄なんてしてません！」

照子は思わず声を荒らげた。照子や益美は、最初から土地を相続する気はない。しかし康介は違う。康介は相続放棄などしていない。

「おいおい、私に突っかかってこられても……」

「あ……すいません……」

たしかに小野田は何も悪くない。

「遺産分割協議をやったって、健太が言ってたんですか？」

「うん、親父からそう聞いてるって言ってたよ。お宅の良二君の奥さんも一緒に来て、そういうことになってるからって……」

「え？　博子さんも一緒に来て手続きしたんですか？」

「ああ……うん。二人でここに来てそれで……」

照子の剣幕にやや気圧されるかのように、小野田はのけぞりながら言った。

想定外のことに、さらに新たな想定外が加わってくる。良二の妻の博子がなぜ健太と一緒にそのような行動をとったのか。もはや悪い夢でも見ているのではないかという気になってきた照子だった。

小野田の説明によると、健太と博子が二人で小野田の事務所を訪れて、父の土地を健一郎に移転登記し、そのまますぐに健一郎から健太に移転登記をしたことがわかった。これは「数次相続」というらしい。数次相続とは、被相続人が死亡して相続が開始されたが（第一の相続）、遺産分割協議や相続登記がおこなわれないうちにその相続人が死亡した場合、次の相続を始めることである（第二の相続）。この場合、被相続人の父が死亡し、その相続人の一人である健一郎も死亡している。よって健一郎の相続人である健太が相続するということだ。

これは登記の実務上、認められているという。ただし第一の相続が単独相続の場合に限られる。父の相続が単独相続ということはあり得ない。法定相続人は健一郎だけではないのだ。妻であるトミのほか、良二や益美、照子や康介もれっきとした相続人だ。その相続人たちに無断でふたつの相続を、しかも即日おこなってしまうとは考えられない。そもそも第一の相続自体が三十年もの間、おこなわれていなかったのだ。

「私もたしかに変だとは思ったんだけどね。その良二君の奥さんの、博子さんだっけ、照子ちゃんの印鑑証明も持ってきてたから、信用して手続きしてしまったんだよね……」

「私の印鑑証明？　なんでそんなものが……」

頭の中が完全にパニックになっていた照子だったが以前、印鑑証明書を康介に渡したことがあるのを思い出した。話を聞くと、どうやらそれが使われているようなのである。博子や健太は、それをどうやって手に入れたのだろうか……？　いかにして博子たちの手に渡ったのか……？　博子が照子の印鑑証明書を持っていたというのはまったくの想定外だった。

博子は倒れていた父を発見して通報してくれた人である。葬儀のときも献身的に動いてくれていた。その様子に、たしかに照子も博子のことは信用していた。それは康介も同じだっただろう。世間知らずな康介のことだ。うっかり博子のことを信用してしまい、印鑑証明書を渡してしまったということも考えられる。そしてそれが使われ、たった一日のうちに二度の登記がおこなわれたのだ。

しかしなぜ博子がからんでいるのか。どうしても解せなかったが、照子にはひとつの「憶測」があった。博子の夫・良二はこれよりも十七年前に他界している。博子はその後、再婚することもなく働きながら子どもを育ててきた。遺族年金などもあっただろうが、それも微々たるものだっただろう。自分が周囲に信頼されていることを利用して、健太をたぶらかし、土地を奪おうとしたのかもしれない。父の土地は大した価格は付かないが、売ればそれなりのものにはなる。地方の山村で暮らす分には、いい臨時収入にもなるはずだ。そこに目を付けていたのか……。

ひとつ疑いが生じるときりがない。照子はその後、博子について調べていくと、なんと照子の印鑑証明書を使って借金までしていたのだった。当然これも無断でおこなわれたことだった。しかも実家の家屋敷を担保にしていたのである。

土地だけではなかった。父のほかの財産についても、照子の印鑑証明書が使われて良二に相続されていたのである。そしてそれは良二亡きいま、博子のものになっているのだ。

照子のたった一枚の印鑑証明書。それがなぜか博子の手に渡り、博子がそれをずっと隠し持っていたことになる。そして照子のまったく知らないところで何度も使われていたのだった。まさに悪魔のような手口！　善人面をした疫病神め！　と照子は思った。

照子は法律のことはよくわからない。しかし健太や博子に対して抱いた強烈な怒りは、一向に鎮まることはなかった。健太の父親は父を苦しめた健一郎だ。その息子に土地をすべて与えてしまう、いや奪われてしまうというのはどうひっくり返っても納得ができない。父が生きていればきっと激怒したであろう。

※

父と健一郎の確執は、それぞれの家族間の確執をも生んでいた。健太を始めとした健一郎の家族と、照子や康介の家族は折り合いが悪かったのだ。健一郎が存命中、兵庫の病院に入院したことがあった。照子と康介は、見舞いに行ったが、健一郎の子どもたちが病室の前でバリケードのように、体を張って照子たちを病室に入れなかったこともあった。

そんな健太に、照子は電話をかけ、事情を聞くことにした。さすがにこのままにしておくつもりはなかったのだ。しかし健太は取り付く島もない。

「おばちゃんたちは親父に冷たかった」「もう手続きは済んでいる」「爺ちゃんの土地は親父と俺のものだ。おばちゃんたちに権利はない」この一点張りである。

さらに健太は「遺産分割協議が成立している」と言い張る。もちろん照子に言わせれば、そんな協議はやってもいないし、成立もしていない。ところが健太はこう言った。

「親父の日記に『平成十六年四月十九日に遺産分割協議が成立した』と書かれてるんだよ」

健一郎が日記を付けていたということも初耳だが、そこにそのようなことが書かれているということも驚きだ。明らかに事実に反する。その日記の内容は健一郎か健太による捏造だろう。いやそれ以前に、そもそもそんな日記が存在するのか疑わしい。

照子の腹の中で怒りが渦巻いていたが、康介はそれ以上だった。康介も健太とは直接電話でやり合った。かなり激しい口論になったようである。もともとあまり仲の良くない両者だ。売り言葉に買い言葉、感情的な言い合いになったのだろう。後日、康介と電話で話した照子には、康介の激しい怒りが手に取るようにわかった。照子も同じ気持ちだからだ。しかしそれ以上に父がないがしろにされたようで、その感情が収まることはなかった。

康介と健太は、ともに旧A村に住んでいる。二人の激しい対立はその後、数年続き、終わりが見えなかった。お互い近いところにいるだけに、照子は不安でならなかった。何かよくないことが起こらなければよいが……。しかし照子のその不安は現実のものとなってしまった。

第二の暴力沙汰

理不尽かつ不可解な相続登記が発覚してから数年後の平成二十四年五月ごろのことだ。土地をめぐる康介と健太の対立はおさまることがなかった。

康介はたびたび健太の自宅に押し掛けたり、電話をかけたりしていたが、両者の言い分は完全に平行線で、解決の糸口すら見えない状態が続いていた。

そんな日々の中の、ある日のことだ。白桃農家の康介は朝から畑に出て作業をしていた。あとひと月もすれば出荷できるほどに成長した桃を、ひとつひとつていねいに確認していく。康介が年月をかけ、手塩にかけて育てた桃の木が何本も並んでいる。

「今年はいい出来だ」

色付き始めたふっくらとした桃の実を見て、康介は満足していた。

余分な葉や枝の剪定、草刈りなどを午前中に済ませ、家から持ってきた弁当を食べる。タバコを一本吸い終えて、さあ午後に作業にかかろうというときだった。康介は背後に気配を感じて振り向いた。健太とその弟の大輔、妹の奈緒子がこちらに向かって歩いてくる。三人とも険しい表情だ。

「おい！」

健太は康介を睨みつけながら、低い声で言った。

「なんだお前たちは！　勝手に入ってくるな！」

康介が言うと、三人の歩調が少しだけ速まったように見えた。康介から二メートルばかり離れたところ、康介の作業道具が置かれているあたりで三人は立ち止った。

「おい、お前昨夜奈緒子にまで電話してゴチャゴチャ抜かしたらしいな！」

ちょうどその前夜、たしかに康介は奈緒子に電話をしている。健太がまるで話にならないためだった。健太はそのことで康介に因縁をつけているらしい。

「仕方ないだろう！　お前が話にならんのだからな！　そんなことを言いにきたのか！」

健太たちは憎悪に満ちたようは目つきで康介を睨みつけていた。ふと康介が健太の足元を見ると、鎌の柄を足で踏みつけている。

「おい！　何をするか！　それを踏むな！　それは……」

康介が言い終わらぬうちに、突然大輔と奈緒子が康介に向かって飛びかかった。一瞬にして康介は二人に羽交い絞めにされる。

「何をするんだ！　おいやめんか！　放せ！」

康介は抵抗したが、どうにもならない。するとそこに健太がゆっくりと近づいてきて、右の拳を振り上げた。それが康介の左顔面を直撃する。顎の骨がずれてしまったような衝撃が走る。一瞬、めまいのようなものに襲われた。

「お前が口を挟むことじゃねえんだ！　田んぼも畑もお前には権利がねえんだよ！」

健太はそう怒鳴りながら、続けざまに康介の顔面に拳を振り下ろした。康介は健太の拳を顔面と下腹部に数発くらってそこに倒れ込む。口の中が血なまぐさい。唇を切ってしまって出血しているようだ。

そして健太ら三人はどこに隠し持っていたのか、いきなりチェーンソーを持ち出した。

「こ、殺される……」

康介はとにかくすぐに立ち上がって、この場から逃げることだけを考えた。いまにも健太らがチェーンソーで康介の身体を切り刻みにやってくる。これまでの人生で味わったことのない恐怖心だ。これから殺されようという人間の感覚とはこんなものなのか……。

しかし健太らはなぜか倒れ込んだ康介には近づいてこない。チェーンソーを持ったまま、三人で何か小声で話をしている。奈緒子がある方向を指差すと、チェーンソーを持った健太はその方向に歩いていった。そこには康介が手塩にかけて育てた桃の木が何本も立っている。まさか木を切るのか？

健太がチェーンソーの電源を入れた。空気を切り裂くような鋭い音が響き渡る。

「な、何をする気だ！　おい、やめろ！　やめんか！」

口の中が傷ついており、唾液と血が混じった生臭い味がする。それでも康介は力の限りに叫んだ。口を動かすだけで頬の裏から突き刺すような痛みに襲われる。しかし健太らは康介を見向きもせず、一番近くにあった桃の木の前で足を止めた。

「やめろー！　やめてくれー！」

康介の叫ぶ声とチェーンソーの不気味な音があたりに響き渡った。それを耳にしたのか、隣接する畑で作業をしていた夫婦が慌ててやってきた。

「おい、どうしたんだ？　何があった？　何をしてる！」

隣人の声に健太らはチェーンソーの電源を切り、康介のほうを見向きもせずにそそくさと畑から出ていった。隣人夫婦が康介に駆け寄る。

「康介さん、どうしたんだ！　血が出てるぞ！」

康介は夫婦に抱えられるようにして起こされた。瞼が腫れているのか、視界が少し狭く感じられた。

※

康介が健太らの襲撃を受けたちょうどその日、照子は自宅にいた。洗濯などの家事は午前中に済ませ、午後は夕食の買い物に出かけるつもりでいた。午前中にやり残した掃除などをやっているとき、電話が鳴る。照子が受話器を取って耳にあて、はい、福本です……と言い終えぬうちに康介の怒声が耳をつんざいた。

「健太の野郎！　ぶっ殺してやる！」

声で康介からだとは照子にはすぐわかった。しかしあまりの激しさに呼吸が止まりそうになる。穏やかな性格の康介のあまりの剣幕に、照子は嫌な予感を禁じえなかった。

「康介？　どうしたの？」

「姉さん、健太のやつにいきなり襲われたんだよ！」

嫌な予感は不幸にも的中してしまった。事の次第を康介から聞いた照子、以前から抱いていた不安は杞憂には終わらなかったことに愕然となってしまった。

「落ち着きなさい！　変な気を起こしちゃあダメだよ！」

照子は康介を必死になだめたが、効き目がない。照子の声が聞こえないのではないかというほどに興奮し切っている。

「あの野郎、いまから撃ち殺してやる！」

康介がついにそんなことを言い出した。康介は猟銃免許を持っており、地元の猟友会に所属している。自宅には猟銃があるはずだ。それで健太を撃ちにでも行ってしまったら……。それだけは何としてでも止めなければならない。照子は焦ったが、遠く離れたところに住む照子には不可能だ。

「康介、変なことはやめなさい！　アンタそんなことしたら……」

照子が言い終わらないうちに電話が切れてしまった。照子に電話をしてきてそのような「宣言」をするということは、止めてほしかったのかもしれない。本気ではないはずだ。しかし引っ込みがつかなくなった康介が勢い余ってやってしまうことも考えられる。そうなっては終わりだ。照子は康介の息子の秀介に電話をかけて事情を説明した。

「いますぐお父さんを止めなさい！　おばさんは何もできないから！」

秀介も旧A村の、康介宅の近くに住んでいる。その秀介も照子の話にはさすがに驚き、急いで父親の愚行を止めに走った。電話を切ってから三、四十分ほど経って、今度は秀介から照子に電話が入る。なんとかすんでのところで思いとどまらせることができたようだ。康介は猟銃を持っていまにも家を出ようとしていたところだったという。

※

翌日、照子は康介のもとを訪れた。康介の顔の左目の上と口元が大きく腫れて、アザになっている。数回拳をくらったようだが、この程度ですんでよかったと照子は思った。康介はと言えば、昨日のようないきり立った感じはなく、かなり落ち着いている様子だ。それでも怒りはおさまっていない。

あらためてこの暴力沙汰について詳しく聞いた照子は、

「やっぱり、あの土地のことが原因なのかい？」

と康介に尋ねた。康介は息を吐くようにして大きくうなずき、

「ああ、あれから何度も役所には掛け合っていたたし。健太にも何度も話し合いの時間を

とってくれと言ってたんだがな。あいつはまるで聞こうとしないんだよ」

直接的な原因は事件の前日、康介が健太ではなく、妹の奈緒子に電話をしたことが健太の癇に障ったのではないかという。

「お前の兄貴は話にならんから、お前からきちんと話し合いに応じるように言ってくれって言ったんだよ。それに健太が腹を立てたんじゃねえかな」

「今度のこと、警察には届けたんだろう?」

「当然だ。とっくに被害届は出してある。あんなことまでされて黙っていられるか」

健太は照子にとっては甥にあたる。しかし他人のようにして育った兄の息子だ。親戚だという思いも希薄なものだった。幼いころから一緒に過ごしてきた弟の康介ほどの思い入れはない。その康介をここまで酷い目にあわせる健太は許せなかった。

照子は健太がそれなりの罰を受けることを望んでいたが、健太は罰金だけですまされてしまう。もちろん康介の治療費などは健太が支払うことにはなった。しかし照子は釈然としないものを感じていた。

第四章　代理人なしの法廷闘争

訴訟への道

康介が実の甥に暴力を振るわれてケガをしてしまった。肉親同士の争いで、ひとつ間違えれば殺人事件にもなっていた可能性もある出来事だ。きっかけは父・良介の土地について、不可解かつ理不尽な相続登記がおこなわれたことである。このままこのことを放っておくと、この先どんな悲劇が待ち受けているかわからない。照子は康介などと相談し、土地の問題について訴訟を起こすことを決めた。訴訟人は康介だ。代理人はいない。

照子も康介も、土地そのものに執着しているわけではない。山村の田畑であり、売ったところで二束三文の土地なのだ。しかしその土地には父や母の汗や涙、さまざまな苦労が詰まっている。それを無断で移転登記していることが許せないのだ。しかもそこには良二の妻・博子もからんでいる。黒幕は博子かもしれない。

そして健太は何より、健一郎の息子だ。良介の孫にあたるわけだが、そもそも晩年の父を苦しめたのが健一郎である。照子は父と最後に会ったときの言葉を忘れていない。

「ケンは許さない」

父の無念さが詰まったひと言だった。それだけに、いかに孫とはいえ、父の土地が勝手に健太のものになっていたことに合点がいかない。この状態を父が見たらどう思うだろうか……。照子はそれを考えると怒りと悲しみ、やりきれない気持ちが交錯し、訴訟はなんとしてもやり抜くと決意を固くしたのだった。

安堵の一審から失望の二審へ

最初の裁判は、H地方裁判所B支部でおこなわれた。訴訟人である康介は、健太が無断でおこなった相続登記は無効であるとして、父の法定相続人として共有持分権に基づいて抹消登記手続をすることを求めた。また健太が主張する遺産分割協議が成立しているかどうかが争われた。

審理中に証人尋問で出廷していた健太が突如、大声で康介や照子を罵倒する場面があり、法廷内が騒然として、健太は裁判官から退廷を命じられるという場面もあった。それ以外はつつがなく進行していった。

康介は父の共同相続人である。そのため健太が主張する有効な遺産分割協議は成立したとは認められないとして、康介の請求は容認された。照子たちの主張を裁判所が認めてくれたのだった。

しかしホッとひと息ついたのも束の間だった。健太が判決を不服として控訴したのだった。また裁判だと思うと、照子の気は滅入ってくる。しかし一審の判決から照子も康介も自信を深めていた。裁判官は公正な判断をしたと思っている。判決内容も至極まっとうで明快であった。きちんとした人にきちんと説明すればわかることなのだと、不安はほとんどなかった。

※

しかしH高等裁判所O支部でおこなわれた二審は、照子や康介が抱いていた期待を裏切り、これまでを崩壊させるものだった。一審の判決を取り消し、原審に差し戻すという結果に終わったのだ。おもな判示の内容は次の通りだった。

①健太が主張する有効な遺産分割協議が成立していないとしても、健太は健一郎の相続人である

②そのため健太は共有持分権を取得している
③その共有持分権に関する限り実体関係に符合するから、康介はこの登記の全部の取り消しを求めることはできない
④康介は健太の共有持分権を除くそれ以外の部分についてのみ、一部抹消のための更正登記手続きを求めることができる

これに照子たちは愕然となった。一審判決ですべて決着したと思っていたところで健太の控訴。場所を変えても、相手が誰であろうと自分たちの主張は認められるはずだと思い込んでいたことに、情けなさすら感じてしまった。照子にとっては、司法に判断を委ねることの難しさと厳しさ、そして法律の無慈悲を痛感する出来事となったのだった。

しかも裁判所は遺産分割協議の成否については判断をしなかった。そこがもっとも合点のいかないところだ。協議が成立しているというのは明らかに健太の虚言である。そのような協議が成立したか否か、それ以前にそんな協議自体がおこなわれていない。健太は健一郎の日記に協議が成立したことが書かれてあると言うが、そんなものに効力があるのか。

たしかに健太は健一郎の相続人である。そして健一郎は父の相続人だ。しかし照子も康介も父の相続人である。健一郎一人ではない。健太の共有持分権について保護しようとい

うのはわかるが、その手続きの進め方はどうなのか。おこなわれてもいない遺産分割協議を「成立した」などと言い、ほかの相続人の存在を無視して相続登記を完了してしまうとは。

それよりも何よりも、照子は亡くなった父の無念を思った。父を苦しめた健一郎はすでにこの世にいないが、その健一郎が父の土地をすべて「相続した」ものとして、さらにその息子がそれをそのまま相続してしまう。このことを父が聞いたらどれほど怒り、悲しむだろうか。照子は康介と話し合い、上告することを決めた。

筋を通せた三審

三審は最高裁判所の小法廷でおこなわれた。

このとき照子が驚いたのは、二審で「共有持分権を除くそれ以外の部分についてのみ、一部抹消のための更正登記手続きを求めることができる」としたものを、最高裁は「理由不備の違法がある」としたことだ。更正登記ができるのは、登記の申請時点で登記と実体関係の間に原始的な不一致がある場合（所在地や名義人の誤りなど）のみ、その不一致を解消させるために、既存の登記内容の一部を訂正・補完するためにおこなうものだという。そして二審の判決には、判決に影響を及ぼすことが明らかな法令の違反があるとして、二審の判決を破棄し、原審に差し戻したのだった。

最高裁の判示を整理すると次のようになる。

①健太の主張する遺産分割協議の成立が認められないということは、健太のおこなった登記は実体関係と符合しないということである

②しかしそれを是正する方法として更正登記手続によることができない

③したがって康介は健太に対して、共有持分権に基づいて抹消登記手続を求めることができるというべきである

④健太がおこなった登記は抹消して、康介を含めた共同相続登記をやり直すべきであり、全部抹消はこれに沿ったものである

照子たちを失望させた二審の判決を、最高裁は破棄してくれた。自分たちの思いは、きちんとした人には伝わるのだということをあらためて噛みしめた照子であった。これで多少は父も浮かばれるかもしれない。

また、勝手に使用され続けていた照子の印鑑証明書。「照子が健太に渡した」として、

健太側が主張する、遺産分割協議成立の根拠にもされていたが、これは法廷で一度も言及されることなく、有耶無耶で終わった。これが代理人なしの訴訟の限界なのだろうかと、照子は腑に落ちないものを感じた。

この最高裁の小法廷では、康介に口頭弁論の時間が与えられ、裁判官の前で二十分ほど意見を述べる機会があった。これは康介にとっても照子にとってはひとつの思い出ともなった。父の名を司法の最高の機関に残すことができたのだ。

平成二十七年になっていた。父・良介の死から五十年近くが経ち、七年近くに及んだ法廷闘争だったが、照子には思い残すことはなかった。辛いこともあったが、泣き寝入りせずに闘ってよかったと思えた出来事だった。裁判所を出たあと、康介とともに両親の写真を持って皇居に行き、二重橋の前で記念の写真を撮り、故郷へ戻った。

※

もうひとつ、照子が驚いたことがある。今回の事案が、司法の世界ではひとつの「新判例」として扱われたことだ。不動産の共有持分権者が、自分の持分を超えて登記の全部抹消を求めることが認められた事案として、類似する事案の処理において参考になるものだというのだ。

田舎で起きた身内の間のこの醜い争いが、そのようなことになるとは思ってもみなかった。長い歴史の中では、似たようなことはあちこちで起こっていただろう。しかし多くは泣き寝入りをしたり、裁判で争っても一審で解決したり、結果によっては諦めたりしたのではないか。照子たちのように、最高裁まで争った事例は珍しいのかもしれない。そういう意味においても、最高裁まで争ったことで新しい判例を作ることができ、意義のあることだったと照子は思えた。自分たちと同じような境遇の人はたくさんいるだろう。そういう人たちにも勇気を与えることができるのではなだろうか。

第五章　明かされる真相と解けぬ謎

晴れない疑惑

土地の問題は落ち着いたが、照子には腑に落ちないことがいくつか残っていた。

ひとつは父・良介の死の真相である。自殺ということになっているが、これまでどうしても納得できずにきた。自殺する理由が見当たらないからだ。自殺ではなく病気や事故でもなければ、もう他殺しかないのだが、あまりに時間が経ち過ぎている。何か証拠がなければ警察も再捜査などはしてくれるはずもない。関わったと思われる人物ももうこの世にいなくなっている。もはやいまさら、というところだ。

もうひとつは健太が無断でおこなった相続登記で明らかになったことだが、父が死に、健一郎が死ぬまで、問題の土地は父の名義になったままだったことだ。なぜ健一郎は自分の名義に変更していなかったのか。いくらでも機会はあったはずである。登記のための費用がなかったわけではあるまい。健一郎は過去にA村の村議会議員を務めていたことがある。登記のやり方を知らなかったなどということもあるはずがない。周辺にはブレーンもいただろうに。一体何があったのか。照子はそれだけでも知りたいと思っていた。

※

ある日照子は、母・トミが入居しているB市内の高齢者施設を訪れた。裁判の結果を報告するためだった。裁判になったことは母も知っているが、それがどうなったのか、直接会って伝えたかったのだ。

照子たちが暮らしていた実家は、父の死後、健一郎の家族が住んでいた。健一郎の死後は健太が家族とともに暮らしている。父の一件もあるため、母をさすがに健一郎や健太とひとつ屋根の下に住まわせるわけにもいかず、康介と相談して施設に入居させていたのだった。

施設に着くと、母は談話室でほかの入居者たちと何やら楽しそうにおしゃべりしている。笑い声も聞こえる。実家で暮らしていたときの母とは違って、明るくのびのびとしている印象すらある。父が生きていたころは思っていることもほとんど話さず、父に言われるがままという母の姿ばかりが照子の脳裏に浮かぶ。ストレスやプレッシャーがなくなったのかもしれない。何かから解放されたような母の様子を見て、照子は安心した。

「お母さん、元気そうねえ」

「あら照子、来てたの。ずいぶんと久しぶりじゃないの」

屈託のない自然な笑顔の母。ほかの入居者たちとのおしゃべりがよほど盛り上がっていたのか、その楽し気な表情をそのまま照子に向けてきた。

「たまには顔を出さないとお母さんが寂しがるかと思ってね」

「何を言ってんの、寂しいことなんてあるもんか。こんなに楽しいお友達がたくさんいるんだから」

母はそう言って、一緒にいる入居者たちのほうに向き直り、また笑い合っている。こんなに笑顔で饒舌な母の姿を、照子はそれまで見たことがなかった。ここでの暮らしは母にとって楽しく幸せなのだろう。当初は嫌がっていたが、ここに入居させてよかった。

「あのね、お母さん、ちょっと話したいことがあるんだけど」

「あら、そうなの。じゃあ私の部屋に行く?」

母はそう言ってゆっくりと立ち上がり、自分の部屋に向かって歩き出した。

足腰は多少弱っているものの、身体のどこかが特別悪いわけではない。杖や車椅子を使わなくても自力で歩くことができる。その後ろ姿は、以前より軽やかに見える。今日は機嫌もよさそうだ。これならば「何でも」聞けるかもしれないと照子は思った。

母の部屋は小さなキッチンのほか、バス・トイレ付きだ。手すりなどが取り付けられてあるほかは、ちょっとした高級ホテルの一室のようでもある。母は照子にソファーを勧め、自分はベッドに腰を下ろした。

「話って何？　あ、お茶でも入れようか」

「いいの、大丈夫、持ってきたから」

照子はバッグからペットボトルのお茶を取り出し、蓋を開けてひと口ふくむと、それをテーブルに置いた。そして一連の裁判の経過と結果を報告した。

母は真顔になり、神妙な面持ちでうなずきながら話を聞いている。裁判結果は照子や康介の望んだものになったということで、母にも安堵する気持ちはあったのだろう。とはいえ、身内同士の争いだ。照子や康介が争った相手は自分の実の孫の健太である。心境は複雑だったに違いない。

ひと通り話し終えてから照子は言った。

「それでね、お母さんに聞きたいことがあるんだけど」

「何だろう？」

「お父さんの名義になっていた土地なんだけど、お父さんが死んでから三十年近く、お父さんの名義のままになっていたの。お母さん、その理由知ってるかなって」

トミは一瞬「あっ」と忘れていた何かを突然思い出したような表情になった。そしてすぐに何やら都合の悪いことでも突き付けられたような、バツの悪い表情を浮かべた。

「私や益美姉さんはてっきり康介が相続していたとばかり思ってたのよ。それがなぜか誰も相続していなくて。健一郎兄さんも相続してなかったんでしょう？　お母さん、何か聞いてなかったかな？」

母は黙っている。照子は続けて質問を投げかけたが、母は黙ったまま、床に目を落としている。あまり追い込んでしまっても、聞けるものも聞けなくなると思い、照子もそのまま黙った。

何かを考えるようにして黙り続けていた母がようやく口を開いたのは、それから一分ほど経ってからだった。

「あのね、お父さんが死んだとき、私は買い物に出かけていていてね、家にはいなかったのよ。だから詳しいことは本当にわからないの。あとで良二や博子さんに聞かされたことばかりでね……」

母は父の死の当日のことをゆっくりと話し始めた。

母の証言

昭和五十四年七月九日。その日はいつもと変わらぬ朝だったが、父はいつになく機嫌がいいように、母には感じられたという。

母は、畑の仕事に出かける父から玄関先に呼ばれた。

「片桐さんのところの息子さん、裕之君が大阪から帰ってきているらしいんだ。今夜の寄り合いで会うことになっている。今日は少し早めに戻ってくるからな」

「まあ、それは楽しみですね」

機嫌よく出かけた父を見送った母は家事に取りかかった。健一郎の子どもたちは学校や幼稚園に行ってしまった。健一郎と時子は朝食後に部屋に戻ったまま出てこない。時子はどうしているのかわからないが、健一郎はおそらくもう一度布団にもぐり込んだのだろうと思っていたという。

昼食時に二人は出てきた。時子は昼食の支度を手伝った。健一郎は居間のちゃぶ台の前にあぐらをかいて、ぼんやりと新聞に目を落としている。昼食がすむと、二人は何も言わずに出かけていった。

庭の木々が落とす影が長くなり始めた午後三時ごろ、母は買い物に出かけた。運転免許を持っていない母は、自転車で十五分ほどのところにある食料品や雑貨を扱う店に向かった。山間部の農村らしく、少しの外出程度であれば鍵をかけずに家を空ける。

夕方の五時近く、母は来た道を自転車で自宅に戻っていた。家の様子が見えるあたりまで来ると、何やら家の前の様子が騒がしいのが目に入った。道に白い乗り物が止まっり、赤色灯が回転している。

「救急車?」

母は自転車をこぐ力を強めた。

救急車の周りには人だかりができていた。

「ああトミさん、大変じゃ! 良介さんが倒れたそうじゃ!」

近所の老婆が母に近寄ってきた。

母は自転車を乗り捨てるようにして駆け寄ると、父がいままさにストレッチャーで搬送されるところだった。

「お父さん！」

母が声をかけても、父は両目を閉じた状態で何も話さない。

「奥さんですね。一緒に乗ってください」

救急隊員にうながされ、母は救急車に乗り込んだという。そのまま車は村唯一の総合病院に向かった。

病院に到着後、すぐに父の死亡が確認された。間に合わなかった。医師からは「毒死」だと言われた。病院には次男の良二と妻の博子が遅れてやって来た。

「博子さん、あなたが最初に見つけて救急車を呼んでくれたの？」

「お義母さん……そうなんです。お宅にうかがってお庭のほうにまわったら納屋の戸が開いていて、お義父さんが倒れていて……」

母が博子と話している間、良二は少し離れたところに無表情で立っていた。何も話そうとはしない。父親が死んだというのに、妙に落ち着き払っている。その様子に、母は違和感を抱いた。不気味ですらあった。

ほどなくして、今度は長男の健一郎が到着した。健一郎は来るなり、母には目も向けず、良二に近寄った。

「おい、ちょっとこっちに来い！」

小声ながらもきつい口調でそう言って良二の袖を引っ張り、離れたところへ連れて行った。

母から二人の姿は見えるが、会話の内容は聞こえなかった。時折、健一郎が激しい口調になっているのはわかったが、はっきりと聞き取れない。

そばにいた博子が「あのね、お義母さん……」と、やけに大きな声で話しかけてきたという。健一郎と良二の会話を聞かせたくないのか、二人の声をかき消すかのようなタイミングで博子が声を出すので、母は二人のやり取りはまったくわからなかった。

その後、母と博子は警察の事情聴取を受けた。父について「最近変わったことはなかったか」「悩んでいることはなかったか」など、自殺を前提とする質問が多かった。父が倒れていた納屋も調べたようだが、早々に事件性はないと判断したようである。

※

父の納骨も済み、しばらくすると、健一郎の様子に変化がみられた。誰に言われるでもなく、まるで父の遺志を受け継ぐかのように、農業の仕事をするようになった。いい加減な部分もあり、父のようにはいかなかったが、それでも、

「この作業のとき、親父はどうやってた？　道具は何を使ってた？」

などと母に質問することが増えた。以前の健一郎とは変わったと母は感じたという。近隣の農家の人たちにも指導を仰ぐこともあるようだった。

「健一郎さん、頑張って働いてるねえ」

近所の人たちは好意的に見てくれている。

父親との確執を目の当たりにしてきた母にとっては、健一郎の「改心」はすぐには信用できなかった。相変わらず大酒を飲み、早起きもできない。しかし次第に母もその様子を見守るようになった。

良二にも変化があった。実家にまったく寄り付かなくなってしまったのである。妻の博子がときどき姿を見せるだけとなった。

母は健一郎と良二の間に何かがあったと思ったという。父が死んだ日の病院での二人のやり取り……激しい口調の健一郎と、それを飄々と受け止めているような良二。そしてそれを聞かせまいとする博子。それらが母の記憶にしっかりと残っていた。

あのとき二人は何を話していたのか。二人は年も近く、幼いころより仲が良かった。父と健一郎にいさかいがあったときも、良二は健一郎の側について、父と激しく対立していたほどだ。一体何があったのか。

父の死を境に、二人の関係性に変化があったのは間違いない。そしてそれは、父の死とは無関係ではないような気がしていた。健一郎に聞いてみたいとも思ったが、予想もできないような恐ろしい話を聞く羽目になりそうで、怖くてできなかった。なによりも、ようやく働く気を起こしてくれた健一郎が、それをきっかけにまた以前のような「ごく潰し」の状態に戻ってしまうことも怖かったのだ。これでいい、いまのままでいい……。母は自分にそう言い聞かせて毎日を過ごしてきた。

※

母の話に意外な事実があり、照子は大いに驚いた。父の死後、健一郎があたかも「更生」したかのような態度に変わっていたということだ。父をさんざん苦しめ、追い詰めた長兄がなぜそこまで変わったのか。一体何があったというのだろう。

母は父と健一郎のいさかいを間近で見ていたはずだ。照子は光太郎などから聞いてはいたものの、詳しいことはわからない。母によると、健一郎家族が実家に寄生し始めたころは、それなりにうまくいっていたという。

「最初のうちは、お父さんもケンも仲良くやってたんだよね……。お父さんもね、孫が一緒に住んでくれてるってことで、けっこう喜んでいたんだよ」

しかしそれも最初の一、二カ月ほどの間だけだったという。父は健一郎が、農業を手伝うか、どこかに働きに出るものだと思っていたようだ。

母によると、健一郎も最初はそのつもりだっただろうという。

「ケンはねえ、やっぱりお父さんが甘やかしたところがあってねえ……。昔からあまり根気がなかったというか、農業には向いていないんだよねえ。本人もそれはわかっていたみたいで、仕事を探して毎日出かけていたんだよ。ちゃぶ台で履歴書を一生懸命書いている姿も見たことあるしね」

健一郎はいわゆる「就活」をやっていたのだ。最初から無為徒食してごく潰しになるつもりはなかったようだ。

「でもねえ、なかなか仕事が見つからなくてね。ケンもそれなりに辛かったんじゃないかと思うんだよね。最初のうちは毎日どこかに面接を受けにいったり、派遣会社の説明会に行ったりしてたんだけど、だんだんその回数が減っていってね。一度Ｃ町の清掃会社に働きに行くようになったんだけど一週間くらいで辞めてしまってねえ……」

健一郎は高校を卒業後、大阪にある中堅の工務店に就職して、営業の仕事をしていた。都会で営業マンをやっていた者にとっては、たしかに清掃や農業というのは辛いだろう。プライドも邪魔していたのかもしれない。

健一郎は照子が物心ついたときにはすでに家を出ていた。だから照子は健一郎の性格などはよくわからない。照子の知らないところで、それなりの苦労もあったのだろうか。

「お父さんが『俺がケンを甘やかしたのがいけない、俺がなんとかしてやらなくては』って言って、知り合いの会社にケンを連れていったりしてたんだよ。それであるとき、Ａ村の役場で嘱託職員を探してるっていうんで、お父さんがかけ合って、ケンはそこにとりあえずは就職できたんだよ」

なんだ、ちゃんと就職できたんじゃないか。役場の嘱託職員ならば兄も文句はなかっただろう。父たちもひとまずは安心できたはずだ。

「ところがね……」

と続ける母の言葉に照子に生まれた一瞬の安心に陰りが出てくる。

「ケン、働き始める前に辞めちゃったんだよね」

「え？　それって就職を辞退したってこと？」

母は苦笑いを浮かべて大きくうなずいた。

「勝手に断りの電話を役場に入れてたのよ。お父さんにも言わないでさあ。それでお父さんがひどく怒ってね」

父の怒りは当然だ。自分が世話をした就職先を勝手にふいにしてしまったのだ。A村は人口も少ない小さな村だ。しかしその村で父はそれなりに知られた存在だった。役場にも知り合いが大勢いたようである。健一郎の就職についても、父が役場の「上のほう」に頼み込んで実現したことだったのである。

「お父さんが『俺の顔を潰す気か！』って、それはもうすごい怒り方でね。ケンも始めはすまなそうにしてたんだけど、そのうち『俺は親父の面子のために働くんじゃねえ！』とか言い出してね。そこから二人がギクシャクし始めたのよ」

これ以降、父と健一郎はほぼ毎日のように口論をするようになったという。お互い顔を合わせても口もきかないこともあったという。

照子は「聞きにくい」質問を母にぶつけてみた。

「お母さん、それを毎日見ていたわけでしょう? 間に入ってなだめるとか諭すとか、しなかったの?」

母は黙って目を閉じた。ちょっと酷なことを言ってしまったかと、照子は少しだけ後悔した。

「ごめんね。私は何もできなかった……」

悲しそうに母はそう言った。それは照子にもわかる。昔から何でも父の言う通りにしてきた母だ。意思表示もほとんどしてこなかった。間に入って仲裁するなど、母には荷が重すぎたはずだ。

「光さんにお願いして、何度か間に入ってもらったこともあるんだけどね、そのころはもう、お父さんとケンの意地の張り合いみたいになってってね。光さんでもどうにもならなかったのよ。光さんもケンを心配して仕事先を探してくれたりしてたんだけどね」

光太郎にも迷惑をかけていたようだ。母によると、父は自分が健一郎を甘やかしてしまったことが原因だと、ずっと自分を責めていたという。だからこそ「もう甘やかすものか」という気持ちが強くなってしまっていたのかもしれないというのだ。

「さんざん甘やかしてきたんだもんね。いまさら甘やかすのをやめるとか言っても、もうどうにもならないんだけどね……」

父が健一郎を甘やかしていたというのも、照子には意外だった。父はとにかく照子や康介には厳しかった記憶しかないからだ。体罰などは日常茶飯事だった。自分たちへの厳しさが、少しでも健一郎に向けられていれば、そんなことにはならなかったのではないかと思うと同時に、甘やかしてもらえた健一郎のことを照子は少しだけ羨ましく思った。

※

照子は少しずつ、質問を核心に近づけていった。

「光太郎おじさんに聞いたんだけど、お父さん、健一郎兄さんに殴られたって……」

母はそれについては何も知らないという。たしかに畑に出たままひと晩帰ってこなかったことはあった、帰って来てみると背中にアザがあったのは覚えているが、それが健一郎の仕業なのかどうか、わからないと話した。恐らく健一郎が良二と二人で相談して凶行におよんだのだろうと照子は思った。母が真相を知らされるはずもない。

「あのときはたしか、ケンが夕方帰ってきて……。お父さんが夜の八時を過ぎても帰ってこないからみんなであたりを探したんだよね。光さんにも手伝ってもらって。それでも見つからないからって、ケンと光さんが相談して警察に届けたのよ」

父の存命中、入院先で光太郎から聞かされた話と符合する。誰が父を殴ったのかという部分以外だけだが。やはり真相は闇の中だ。これについて、もうこれ以上母に聞いても何もわからないだろうと照子は思い、これについての話はそこで終わりにした。

もうひとつ、気になっているのは土地のことだ。なぜ健一郎は父の死後、三十年近くもの間、名義変更をしていなかったのか。

「私もそこはよくわからないんだけどね。お父さんが死んでからのケン、やっぱりそれまでのケンとは違っててね。何か後悔してたものがあるんじゃないかしらね……」

父に対して辛くあたったことを、健一郎はあるときを境に後悔するようになったのではないかと母は言う。それは父がまだ生きているころからすでに見られていたというのだ。

「はじめのうちはお父さんとケンが激しくやり合っててね。そこにいつの間にか良二が加わるようになったのよ。だんだんとお父さんと良二のやり取りのほうが激しくなっていってね。ケンが良二をなだめることもあったのよ」

これは照子にとっては意外だった。健一郎がおもに父と対立していて、良二は健一郎の子分のようになって加勢していたとばかり思っていたのだ。

「良二はね、最初のうちはお父さんとケンをなだめるために来ていたんだけどね。そのうち来る頻度も増えて、いつの間にか博子さんも一緒に来るようになって。お父さんが死んでからは良二はめっきり顔をみせなくなってねえ……。そのかわりに博子さんがよく来るようになったんだよ」

ここでも博子の名前が出てきた。しかも出入りも多かったという。一体博子はわが成田家に何をしたかったのだろうか。

「博子さん、そんなにしょっちゅう来ていたの？」

「うん、よく来てたわねえ。なんだか健太と仲良くなっちゃって。健太の勉強をみてくれることもあったかな」

ひとつ謎が解けた。なぜ健太と博子が結託できたのか。健太による土地の無断登記にも、博子が関わっている気がしてきた。

※

母の話を聞いても、やはり真相、とくに核心部分はわからなかった。しかし健一郎にも一応は人間の心があったのだろうか。父の田畑を自分名義に変更しなかったのは、父に対する自分の振る舞いへの後悔の念があり、踏ん切りがつかなかったからかもしれない。照子は自分を納得させて、施設をあとにした。

生前の父と病室で最後に会ったときに光太郎から聞かされたことを照子は思い出していた。あのとき以来、諸悪の根源は健一郎だとばかり思っていたが、トミの話を聞いて、それが少し変わってきた。父も健一郎も、始めのうちはうまくやっていたのだ。それがいつのころからか、歯車が狂い始め、そこに良二が加わって悪い化学反応を引き起こしてしまったのかもしれない。

父との確執も、決して健一郎が望んだことではなかったのかもしれない。単なる意地の張り合いが何かのきっかけで悪い方向に発展してしまったのだろう。そしてそこには良二の影響があったことは間違いない。

何よりも照子が気になっているのは博子の存在だ。何かにつけて、目障りなまでに博子の名前が出てくる。

そもそも父が自殺をしたとき、倒れている父の第一発見者になり、一一九番通報をしたのも博子だ。そして健太による無断登記にも登場する。康介から実印を奪い、司法書士の小野田のもとを健太と一緒に訪れている。

そして照子の中では、いくつかの「仮説」が生まれていた。

※

仮説①・親子確執の黒幕

元凶は次兄・良二の妻の博子だろう。真面目で人の良さそうな人物だったが、相当な悪人だったのではないか。夫の良二はおそらく博子の言いなりだったに違いない。父・良介と長兄・健一郎に確執が生まれたのを知り、目的はわからないが自分の夫を焚きつけて、その争いに絡ませたのだ。

博子の狙いは、父の所有する田んぼや畑だった。たいした値の付く土地ではないが、売ればそれなりの金額にはなる。博子にとっては元手のいらない金儲けだったのだろう。父親と息子たちを争わせて、漁夫の利を得る機会を虎視眈々とうかがっていたのかもしれない。実家から父を追い出すために、夫の良二をそそのかして健一郎の援護をさせたのだ。健一郎に恩を売るためだ。そして父と健一郎が「共倒れ」することも見越していたかもしれぬ。刃傷沙汰を期待していた可能性があるのだ。そうなれば実家の当主と跡取りが同時にいなくなってくれる。

しかし博子にも誤算があった。良二が思いのほか健一郎に肩入れしてしまい、健一郎よりも父と激しくやり合うようになってしまったことだ。あくまでも表向きは「良介対健一郎」の争いでなくてはならない。その意味で博子から見れば良二はやり過ぎたのである。

仮説②・父の死に関わる疑惑

父・良介の死は自殺で処理されたが、照子はずっと「自殺以外」の可能性を疑っていた。「他殺」だ。しかし警察の調べではその証拠は出てこなかった。照子は当初、父の死には健一郎がからんでいるものとばかり思っていた。しかし母・トミの話を聞いているうちに、その疑いが少しずつ消えていった。逆に良二や博子がからんでいるのではないかという疑いが強まってきた。

とくに博子だ。服毒自殺を図った良介の第一発見者が博子なのだ。不自然死と言われるものの第一発見者がその死に関わっていたということは、世の中でよく聞く話である。自ら手を下しておきながら第一発見者を装って通報する。サスペンス小説などではよくあるパターンだ。もちろん博子がそれをやったという確証はどこにもない。

母・トミに聞いた話を思い出す。良介が救急搬送され、死亡が確認された病院での出来事だ。健一郎が良二に対して激しい口調で何かを言っていたという。そして博子がそれをトミに聞かせまいとしていた。健一郎は良介の死の原因が良二にあると思っていたのだろう。それで良二を責め立てていたのではなかろうか。だとするならばトミに聞かれては困るはずだ。博子がトミに聞こえないように必死になるのもわかる。

畑仕事に出ていた良介が自宅の納屋にいたというのも不自然だが、寄り合いのために早めに帰宅していたのだとすれば、それはそれで一応の説明はつく。しかしそれが、トミが家を空けている時間帯と見事に重なっていたというのが解せない。トミが買い物に出かけたのが午後三時ごろ、倒れている良介を博子が発見したのが午後四時半ごろだとすると、わずか一時間半ほどの間に、良介が帰宅→服毒→博子が発見、となる。あまりに出来過ぎているような気がしてならない。もちろん、これも推測に過ぎない。自殺として処理されて三十年以上が経っている。関係者もほとんどこの世におらず、いまさらどうしようもない。

仮説③・土地の無断登記への関わり

良介の土地を健太が無断相続したことにからんでいた博子。トミによると、良介の死後、博子は実家によく出入りするようになったという。いくら夫の実家といっても、所詮は他人の家だ。しかも夫が近づかなくなった実家である。少し厚かましすぎる気がする。何か目的があったと推測するのが自然だろう。

しかも健太と仲良くなっていたとトミが言った。これも自然なことだ。健一郎には妻の時子がいるので近づけない。そこで健太に狙いを定めたのだろう。健太の勉強をみてあげていたというが、それも信用させるためだったのだ。

康介に対しても、うまく言いくるめて実印を奪ったのだ。そして健太の後見人のような顔をして手続きに同伴していたのだった。健太が土地を相続してしまったら、いずれそれを売却するつもりだったのだろう。「いつごろ売ればこれくらいの金になるから、そうなったら二人で山分けしよう」などと健太に持ちかけていたのかもしれない。「持っていても固定資産税がかかる」「売った金で投資でもして増やそう」などと吹き込んだ可能性もある。

いずれの仮説も、ただの仮説だ。何の物的根拠もない。しかし照子は自分の仮説に自信を持っていた。立証はできないが、それでもいいと思っていた。

※

父・良介の土地が不当なやり方で相続されてしまうことで、照子は康介と共に司法の世界における最高峰の舞台を経験することができた。しかも、代理人も立てずに、父の名を最高裁に刻むことができた。判決がどのようになろうとも、これ以上の望みはないと思った。

康介が父の遺志を守り、成田家を立派に守っていることに、照子は満足だった。良介を苦しめた長兄・健一郎にも、多少の後悔の気持ちがあったということもわかった。それはせめてもの救いになっている。

母のいる施設をあとにして、照子は自宅に戻った。自宅には照子宛の荷物が届いている。康介からだ。手紙も入っている。

「いいイノシシが獲れました。みんなで食べてください。康介」

康介はいまでも狩猟をしている。これまでもときどき、こうやってイノシシ肉を送ってきていたが、照子は苦手だったため、近所の人にあげていた。しかし今回は食べてみようという気が起きた。臭みを消すために味噌仕立ての鍋に入れた。ぼたん鍋だ。歯ごたえはあるが、なかなかいける。いままで食べずにきて、もったいないことをしたと思った。

翌日、康介に電話をして「ありがとう、おいしかったよ」と伝えた。これまでは食べずに同じことを伝えていたが、今度は本当にその気持ちを伝えることができた。電話口で康介が快活に笑う声が聞こえた。次はもっとたくさん送ってくるかもしれないと、照子は思った。

完

本作品は体験を基にしたフィクションです。

著者プロフィール

御衣　さくら（ぎょい　さくら）

西日本生まれ、在住。

遺産争続三十年

2023年10月15日　初版第１刷発行

著　者　御衣　さくら
発行者　瓜谷　綱延
発行所　株式会社文芸社
〒160-0022　東京都新宿区新宿1－10－1
電話　03-5369-3060（代表）
03-5369-2299（販売）

印刷所　神谷印刷株式会社

ISBN978-4-286-24266-8